愿我成为
你生命中的礼物

The best presents in life

黄雅莉.著

知识产权出版社
中国科技出版传媒股份有限公司

梦想，

就像小时候穿的沉重的老棉袄，

裹在身上会伸不开手脚，会透不过气，

却帮我抵抗着这世界的严寒。

而我的梦想，

就是亲手创造出小小的希望，

小小的温暖，

给你多一点点力量和慰藉。

愿我成为，

你生命中的礼物。

[目录]

Part II 希望 Hope

Part III 温暖 Warmth

我想对你说

这十年，我常常问自己，到底做了些什么。

十年前，我 16 岁。造型有点儿杀马特，却有很多人，为那一首《杀破狼》花了两天早饭钱来投票，甚至在大街上"抢"过无数人手机……

这十年，我陆陆续续发过 5 张专辑，大概你只听过《蝴蝶泉边》。但没关系，也没人说努力就一定会有收获。尤其是这个行业。

这十年，我曾经有一次办个人演唱会的机会，却因为一些问题，失之交臂。大概是从那一天起，我心里有一些东西默默地升了起来，一直到成了一颗闪烁不停的星星，让我魂牵梦萦，让我无法视而不见。

我，一定要给自己一个独一无二的舞台。

有人说，这是执念。
也有人说，这是梦想。
梦想滋生鸡汤。但我也明白，没有可能实现的梦想，是孟婆汤。

在漫长的时光里，除了唱歌，我一直在学习。学习等待，学习忍耐，学习自我休整，学习平心静气地写歌、创作。

我的脑子似乎从来没有停止过胡思乱想。我经常会有瞬间迸发出来的奇怪或疯狂的念头，开始学画画表达、用吸管创作、设计打歌服……后来我做的东西越来越大，家里有套废弃的架子鼓，我甚至忍不住动手把它拆了，改装成一套家具。

当时只是贪图好玩，完全没想到，它会让我再次收获到那么多的赞赏。一开始，是朋友圈点赞点疯了。之后很快，我竟然凭创意上了《快乐大本营》。然后居然有做艺术展的专业策展人联系我，参与一些艺术展览计划，直到举办人生第一次个人展览。再然后，有很多艺人朋友开始找到我，认识的不认识的，都希望我帮他们，或者帮他们的孩子设计一些东西。

一瞬间，重新被认可的快乐席卷而来。仿佛一夜之间，我变回那个 16 岁的小女孩，站在巨大的舞台上，握紧麦克风，数着心跳声，看灯光聚拢在身上，听所有人都跟我说，

"你虽然长得不怎么样,但我愿意投票给你"。哈哈哈哈……

那个刹那我终于明白,支撑一个人在暗夜里奋力振翅的,从来不是因为有了新的方向,而是心头微芒却不灭的那一点火光。

每个个体,都是宇宙中独一无二的存在。

希望我这颗小小的星球,在交会的时候,在你心中留下闪耀的轨迹。

Part I 梦想 Dream

每个歌手应该都有一个梦想，就是想要开演唱会。

2013 年是我出道的第 8 年。都第 8 年了，我以为我没有机会开演唱会了，可是突然有一天接到一个意外的通知，"黄雅莉，我们可以给你开演唱会"。我当时简直不敢相信，特别开心。直到跟我确定"你可以准备曲目了"，我才觉得这个事情是真的。

心底的那份埋藏许久的执念翻江倒海般奔腾涌来，像是一扇锁了很久的大门被轰然拉开，无数个我以为已经忘却的日日夜夜，又重新在眼前铺开，于是我再也不能忽视它，只能直面。

我的梦不仅仅关于演唱会，我是真的给自己设计了一个舞台。它很大，大到放不进大多数的体育馆；它很小，小到可以拉到路上乱跑。它很复杂，你永远不知道下一秒它会变成什么样子；它很简单，你看到它的时候，根本不会去想前面那个问题。

它独一无二，好玩好看，高贵耀眼，人见人爱。我知道我要做这么一个东西一定是史无前例的难，但那一刻好像宿命一般，我明白再也没有任何事情能够阻挡我去完成它，却也是很难很难，因为，它太贵。

有些事情没有为什么，但我就是知道，我一定会完成它。

于是我开始手绘图纸，制作 PPT，撰写方案，到处找赞助。我见了非常多的人，任何一位我认为有可能帮助到我的人，我都像是打满鸡血，慷慨激昂又费尽心思，一遍一遍宣讲着我的创意，介绍我狂拽炫酷的舞台，希望可以拿到钱……

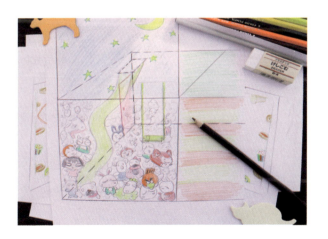

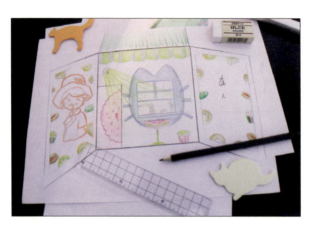

我付出全部心血，做了很久的准备。然而突然又接到一个更意外的通知。对方说："没有这场演唱会了，不开了。"投资人说不投这个钱了。我特别失望，也很伤心。可是当时也有一种任性，一种倔强。我心里暗暗在想，他们不给我这个舞台，我要自己给自己这个舞台！

那天回去之后，我开始问自己：我到底想要一个怎样的演唱会？想给自己一个怎样的舞台？我带着稚气默默埋头画图，彻夜写写画画，又不断地推翻重来，觉得总有一天我会把自己亲手送上想要去的舞台。我一直默默地做着准备，很多人以为我只是任性，因为赌气才做这样的决定，但其实并不是。从演出的结构、布局、实现方式、整场 show 的效果，我都认真地经过了全盘思考。很多天后，我把通宵画好的效果图发给我熟悉的舞美师，心里像是刚交卷的考生一样忐忑不安。然而结果出乎我的意料，这些舞美方面的专业人士都对我的"作业"感到非常惊讶。这

个反馈给了我莫大的信心。我越来越相信这件事是值得的，
我走在正确的道路上。

这个集装箱舞台的最初构想是受到大黄鸭的启发。那年有很多人喜欢大黄鸭，我当时就在想，如果我要设计一个自己的舞台，我想要能够跟更多的人分享，那么这个舞台必须是可以移动的，就像大黄鸭一样，能够抵达很多地方。然而大黄鸭其实也受到一些限制，想去看它的话旁边必须有海或是湖，于是我突然有了灵感，觉得车是非常好的载体，而集装箱又是一个可以延展的形态。我做了一些功课，看了很多大篷车或集装箱改装的舞台，但它们基本都是一翻盖一打开，里面可能有一个乐队，一眼就看光了。我觉得这样不够酷。我希望我的空间可以打开之后里面有一个空间，再有一个空间，再有一个空间，有许多变幻跟机关。所以我想到把我的舞台切分为 3 个车厢。整个车厢有 9 米长，每 3 米是一个隔断开的空间，所有的旋转，所有的空间，都有我想要表达的内容跟歌曲。当我在里面完成一个空间的表演时，我会往里面的空间走，你会开始期待我的下一个空间什么样子，就像你期待我的下一部分的表演是什么样的故事一样。

于是我最终设计的舞台有360度的旋转，有上翻门的空间，有下翻门，有升降，还有黑板可以写字。这是一个只属于我自己的独一无二的舞台，是一个黄雅莉的变形金刚。这样反复打磨了一年之后，我真的找到愿意帮我把图纸化为现实的舞美师。是的，已经整整365天之后了。然而我的心愿却越来越强烈。我希望将来有一天我的演唱会中能够出现这个舞台，这个我精心设计了所有机关、亲自参与了所有制作的舞台，开启这个舞台的那一刻，就是亲手开启了一个梦。

像所有俗套的励志电视剧一样，就在我碰壁碰得快残了的时候，事情有了转机。感谢"ooh Dear"，在我浑然不觉狂喷创意的时候，他们说了一句："好，没问题，我们支持你"。我获得了一笔十分可观的资金，更重要的是我所有的理念都得到了认可。他们告诉我，这个我酝酿了良久的项目，立刻启动。知道消息的那天，我大哭一场。钢铁心被融化成水，我知道自己做了这么多年的白日梦，终于有能力为它买单了。

有了这笔费用，我终于把舞台的外立面跟机关都做完了。但是其实它不是最后的成品，包括现在也不是最后的成品。现在这个舞台才做了一半，我想要之后慢慢地把它做完，也希望将来有一天这个车仍然是放在我的演唱会的某一部分的重要结构。

就在制作这个舞台的过程中，我突然意识到，不用等待别人给自己舞台，你其实可以自己创造。很多时候我们会觉得，我还挺有才的，我还蛮不错的，我学了非常多的东西，可是为什么别人看不到我的才华？为什么别人不看好我？为什么别人不支持我？……与其让自己沉浸在这样的问题里自怨自艾，不如把时间用于自己亲手去创造。哪怕只是孤芳自赏，其实也没有关系。至少我为我的梦想努力过，这已经足够骄傲。

　　于是我做了一个"借光计划"。我想通过这个计划借到别人的光芒，借到别人的故事，借到别人的一个物件，这个物件对他来讲可能是个非常有意义的故事。为什么叫"借光计划"呢？因为当有一天我星光熠熠地站在自己设计的舞台上唱歌的时候，当我闪闪发光的时候，当我是super star 的时候，我会提醒自己，也告诉大家，我闪闪发光发亮，并不是因为我自身就发光发亮，是因为这些人借给我光芒，是因为这些人给我力量，是因为这些人我才会成为所谓的明星。但这个不是故事的结尾。当我拥有了大家的光芒，发光发亮的时候，我希望我能够再照亮别人，这才是我心目中故事的后续。

Dear,

　　正在看这篇文章的你，愿意借给我一样你的东西吗?

　　可以借我一下，你回忆里的光吗?
　　我想要问这个世界上的无数个陌生人借一样东西，然后把它们做成一个作品，放在舞台上。

　　你愿意借给我什么，我都不知道，但它对于你而言，一定是一段独特的回忆，而我，在收到它的时刻，才能开始设计。

　　一张车票
　　一张旧沙发
　　一幅老照片

一段你曾经爱过的证据

曾经最骄傲的、最悲伤的、最疯狂的、最值得纪念的……

你人生的纪念品。

每次意识到这个想法，都会忍不住地兴奋一阵，大概是因为潜意识里把自己当成了大艺术家。

这是你借给我的光，也是我长久以来未完成的梦想的一部分。

我不知道自己能够做到哪一步，但人生的奇趣正在于此。如果有机会做一件疯狂的事情，为什么不试试呢?

　　这个舞台，不仅承载着我作为歌手的音乐梦，也永远牵绊着你的回忆，即使演唱会表演完的那一刻也不会成为结束，这是我们的作品，我会努力带着它们参展，去环游世界展出，去走遍你们可能所在的城市，去好奇，我把你的回忆，变成了什么样子？也请你署上自己名字（或笔名），因为将来艺术家的署名，不能只有"我"，而是"我们"。

　　在此期间，我会一直关注你们所有人的故事。

　　这是你借给我的光，让我的梦想和你的回忆一起，闪闪发光发热！

——雅莉

Chapter 2 你给的光

　　"借光计划"竟然真的借了很多的故事，这是我在发起它的时候不敢想象的。为了我的小小梦想，素未谋面的陌生人从全国各地寄来他们珍藏的宝贝，让我既感动，又感叹自己何德何能。

　　我一直在想如何不辜负他们对我的爱。我想把它们改装，放到我设计的集装箱舞台上。将来有一天开演唱会的时候，我知道无论是坐在第一排的观众，还是坐在山顶的观众，他们都是同样爱我的。所以我希望以同样的爱回馈他们，让他们觉得跟我没有距离。他们曾经把自己最珍贵的物件借给了我，把自己独一无二的故事借给了我，我会让它们和我一起，在我亲手设计的舞台上发出熠熠光芒。

而我在"借光计划"中收到的最珍贵的礼物，来自一个八岁的小女孩。

这个女孩将她人生中的第一颗乳牙寄给了我，她不知道这是在几岁的时候掉的第一颗牙，但她非常正式地写了一张纸条给我，说想要将这个小小的光芒借给我，让我完成自己的梦想。

我到现在都还记得当我收到这颗乳牙时的心情。我早就找不到我人生中的第一颗乳牙了，甚至都不记得它是什么时候离开的我。所以，拿着这个小朋友最珍视的礼物，就仿佛是一场仪式。我一度有点儿不知所措，不知道如何才能不辜负其中承载的感情。因为我觉得它真的太重要了，我怕我做不到她的期待，让这个孩子失望。

我想了很久很久，也尝试了许多方案。在启动"借光计划"的时候，我承诺过，在我自己设计的舞台上我将会让大家看到借给我的光，我的所有舞美装置里面都将会有大家借给我的故事，哪怕是某一个角落。我很担心在舞台上没有办法完美地呈现这束小小的绚烂的光芒，于是我最终决定把它做到一个最贴近我的地方，就是我戴的首饰。

我把小女孩的乳牙做成了一枚戒指，戒指的形状是一个鹿角。在我心里，"鹿"代表着"路"——我实现梦想的道路上，有她借给我的光，她成就了我的唯一。

确定好设计方案之后，执行开始出现状况，尽管我的每个设计都是自己的想法，但是我仍需要一些专业性的指导与建议，就像这个戒指，我面临着银饰和镶嵌工艺两个难题，我需要找到专业领域里的老师，请他来带着我完成这项工艺。尽管过程并不算顺利，甚至可以说是充满着各种执着与纠结，但最终的作品我个人很满意。我想要的是带着大家借给我的所有光芒一起站在那个聚光灯下的舞台上，而不是在冰冷展台上展出一个没有温度的工艺品。

我希望我是光芒使者，带着我的使命、带着光一直传递下去，给你们，给他们，给大家更多的力量。多年以后回想起今天的自己，我一定会记得自己曾经这么不计前路的拼命和酣畅淋漓地付出过。我会表扬自己，不惧怕用人生最好的年华做抵押，去担保一个说出来都会被人嘲笑的梦想，因为我有一颗钢铁心和无数爱我的人。我知道，它们会撑我到底。

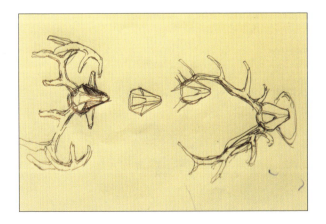

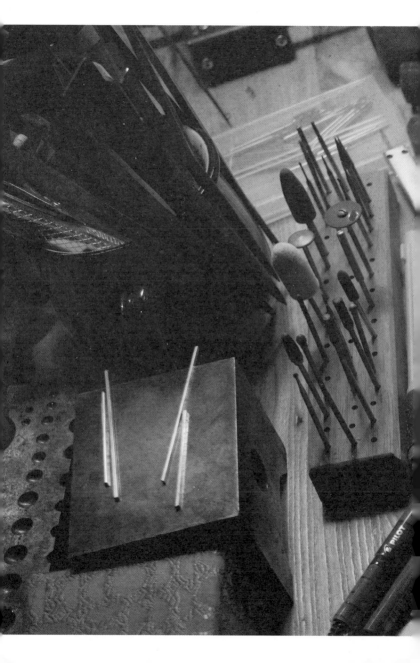

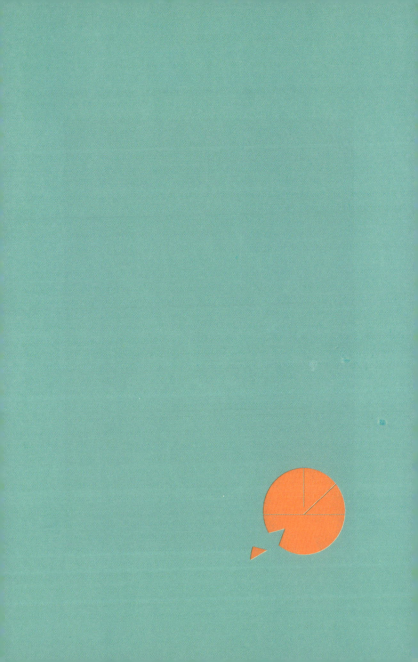

在"借光计划"收到的礼物中，还有一个很特殊的存在，是一个破碎的杯子（配破碎杯子原图）。杯子很普通，像是每个家庭都会有的瓷杯，长辈开会必备的那一种，杯身还有一些茶渍。它的主人是一位父亲，这是他用了很久很久的一个茶杯，哪怕摔碎之后上面还有破裂的碎玻璃碴儿，他也不愿意丢弃。于是父亲的儿子就提议把这个茶杯借给我。他希望父亲不要沉浸在过去的遗憾中，多看看眼前的美好，也希望这个杯子帮我圆梦，为我带来创作的灵感。

我非常感谢这位朋友的信任，也感谢他激发了我的创作。于是，对着这个破碎的杯子，我决定重新改装。首先我想到了陶艺，陶艺可以做复原，可是我想要的并不仅仅是杯子的复原。不论复原的工艺有多么高超，总归会有痕迹，而对方郑重地把杯子交给我，也并不是为了让我把它复原。如果选择这个简单的创作方式，会浪费大家共同的期待。

　　于是我继续想，喝茶是一种生活习惯，那位父亲用这个杯子的习惯是什么呢？那个习惯可能是他的安全感，也可能是他故事里面的另外一个故事。虽然我不知道是什么，但既然它能够变成一种不舍的习惯，一定有情感寄放其中。我怎么做才能够不辜负其中的情感呢？我又带着这个问题思考如何改装这个杯子。

不如就去重新做一个杯子。我灵机一动，决定把原来那个破碎的杯子打到更碎，碎到只剩下粉末，在整个杯子已经破碎到完全只有粉末的时候你是看不出任何形状的，我想把这些粉末融入我准备新做的杯子里面，而我准备要做的不仅仅是一个杯子，而是一套杯子，一套茶具。

可是这涉及拉坯烧陶，我在这方面的经验完全是零。怎么办呢？ 2016 年 5 月，我带着这个破碎的杯子和设计想法，去西双版纳澜沧江畔一个烧陶的老窑洞。在那里，我重新设计并制作了三个杯子。一个是山形，代表父亲；一个像花朵般美丽，代表母亲；还有一个毫无修饰的淳朴的形状，代表孩子。这本是一家人该有的完整的样子，不是吗？最重要的是，我用父亲破碎的杯子捣成的粉末融入新泥，这样烧制出来的新杯子，既保留了父亲本来的习惯和缺失，又把破碎的杯子化作一套全新的完整茶具。

为什么要设计一套杯子呢？因为我想化破碎为完整。破碎的可能是父亲的习惯，可能是茶杯中原本的那个故事。但我希望能让父亲了解到，安全感其实就在身边，我希望能提醒他，"您原来的那个杯子我捣碎了，它们都在这些新杯子里面，它们都在，您放心"。于是父亲便可以安心，同时我也想提醒他："您看它不仅成为一个新的茶杯，更升华成为一套杯子，有父亲，也有母亲，还有您的孩子，您的孩子一直在关注着您的这种习惯，但他们无法走近，因为那时独立的茶杯只是您个人的专属，现在他们也可以和您同时分享您的这份习惯啦。"

到这里，看似应该是这个故事的结尾了，可我并不希望这是结束，我希望这是一种新的开始。品茶的时候，看到茶水通过"父母亲"的传递，来到孩子杯中，如同满满的幸福和爱在其中传递。

在"借光计划"中，有人给我寄来攒了好久的世界各地的地图。他在信中告诉我，因为他有许多想去而没有机会去的地方，所以每次有朋友出国，他都会拜托他们说："你可不可以带一张澳大利亚的地图给我？"他攒了好久好久，把他最渴望去的这些地方的地图郑重地寄给了我。

还有人给我寄来厚厚一沓火车票。他把异地恋时看望女友的所有往返的车票全都寄给我，车票车次都是同一班，目的地也都是同一个地方。

还有人把孩提时代玩过的救生圈寄给我，救生圈背后，是她的整个童年。我把这些光芒装进行囊，启程出发。

我的目的地是冰岛。而去冰岛的起因，是为了一架飞机。

我曾经听说过，在冰岛南部的黑沙滩，有一架1984年迫降的美式飞机。由于没有燃油，当时的两个飞行员被迫跳伞，而跳伞后，飞机就降落在冰岛。但是你知道吗？虽然它是坠机，但是没有人员死亡。

我带着借来的光芒和一个小小的作品，向这个目的地出发。我在冰岛一路往前走，四周一片白茫茫，什么都没有，就像是在另外一个星球登陆。

我的目标在五公里以外，而这五公里的路途中，我像个孤独的旅人，埋头跋涉。傍晚九点，我背着重重的行囊独自赶路，路上只有风与雪的陪伴。

就在快要走不动的那一刻，我突然看到遥远的地方有一束银色的光芒。是它！我拔腿狂奔，一口气跑到飞机面前。

就在看到飞机的那一刻，我被震撼得几乎落下泪来。那架飞机虽然是坠落在那里，可是它却顽强地屹立着，以飞翔的姿态一动不动地伫立在原地，仿佛在说，"虽然我坠落了，虽然我不再能够飞翔，但是我的心却没有认输啊。"

我甚至有冲动想去抚摸它。它从天上坠落下来，却屹立在大地之上，站着的，它是站着的。哪怕是最后死亡的姿势，也不是委屈的，不是头朝地的，不是卑微的。在它身上有很多的"伤口"，我走上前去摸了它一下，在心里默默地告诉它，"你好棒，你特别棒"。它的故事里面没有死亡，只有永恒。它完成了它的使命，骄傲就是它的勋章。

这时，我抱着激动的心情，从背包中拿出我的作品。

亲手设计并缝制的这个降落伞，就是我向这架飞机致敬的方式。降落伞上满满地缝着地图和车票，都是我借来的光。我希望这些信任我的人们，也能够跟随我一起来冰岛看望这架飞机，重拾在生活中战斗的勇气。

离开的时候，我正式地向那架飞机告别，跟它说再见。如果将来我有孩子，我想带我的孩子去见它，像见一个老朋友，或是一个精神图腾。我郑重地对它说，"我走了，再见，我会再来，你好好的。"

回去的路上狂风大作，我在空旷的黑色天空下艰难地行走，来时的路仿佛永远也走不到尽头。天那么黑，路这么长。我背着重重的背包，在空无一人的世界尽头孤独地走着，就像那些年，背着种种压力走在人生的道路上。但不管再难，再冷，再孤单，我都想要像那架飞机一样，昂着头，一直一直走到底。

Dear,

　　在借光计划中，我收集了很多很多的光芒，我本身并不发光，而它们让我闪闪发光。在舞台上，在舞台的某个角落，或者在我身上某个角落，你和你的心爱之物，永远和我在一起，我们的心没有距离。我知道，而你也知道，这已经足够了。

　　你们不求回报，无条件地把自己的能量送给我，让我站在舞台上的时候星光熠熠，我不能也不该让这件事情结束。我希望能够带着这个力量，带着这个光芒帮助更多的人，把梦想传递下去，这才是借光计划最大的意义所在啊。

　　　　　　　　　　　　　　　　　　——雅莉

Part II 希望 Hope

　　我一直幻想着一段"在路上"的旅行。大洋彼岸的 1 号公路和 66 号公路像一个触手可及的梦，让我为之心旌神摇。为了这次旅行，我准备了整整半年。

　　我始终相信，一切旅行的起点并不是登上飞机的那一刻，而是从决定出发的那一刻就开始了。在规划行程的时候，我就已经感受到了旅行的快乐。我想要认认真真为这个梦想做点儿特别的事情，用与众不同的方式记录这个旅程。很多人旅行中会写"到此一游"或者在地标拍照留念，这是他记录旅程的方式。但我想要做一些不一样的事情。

用什么样的方式不仅能够自己满足,又能创造出特别的回忆,让我在旅行结束后还能拥有与这些城市相关的记忆呢?我选择做一张特别的地图,载体是一件衣服。我在衣服上创造出收纳的空间,我将会把每个计划去的地方都记录在上面,留下当地特色的纪念品。这种记录方式不仅会延长我的快乐,还奇妙地贯穿了我的整个计划,从一开始,那种雀跃、兴奋、期待的情绪就伴随着我。

一路上，我听到了许多人的故事和回忆。旅途中，我沿着1号公路狂飙，穿过不知名的小镇。我遇到骑着哈雷的老骑士们，热情地跟我挥手甚至合影；我看到摇滚青年和嬉皮士在西部追梦的影子；在 Midpoint，我遇到一对老夫妻。他们守着路边一个咖啡厅，像是怕时间磨灭了记忆，一守就是几十年。他们也维护着 Midpoint 的地标，提醒路过的人们，你已经走了一半了，向左洛杉矶，往右芝加哥。两边都是方向。人生路上你自己选择。

在洛杉矶我尝试了跳伞，也是我计划中的一个落脚点。在等待的过程中，我意外地看到了一对六七十岁的老夫妇，他们携手来跳伞，我用蹩脚的英文乱搭讪，居然聊到了一对VIP跳伞会员，六七十岁的VIP跳伞会员，你能想象到我当时的那种讶异吗？这又是我的一个旅程收获。

在踏上跳伞的飞机之前，我想象过无数次各种各样的画面——自己在万米高空，张开双臂，勇敢又果断地凌空一跃……但登机之后，随着颠簸的小飞机起飞，教练拉开舱门，我坐在机舱的地板上，浑身感受着高空的气流，脚下是无尽的白云与玩具般的城市，那些幻想的场景就都不存在了，我可笑地想要不要留下我所有的银行密码。

然而跳下的那一刻，除了那个失重的瞬间，我飘浮在空中，真的做到了张开双臂去拥抱这个世界，那是一种无比美妙的体验。

到阿拉斯加看极光，是我规划中的最后一站，也是完美的谢幕。那一天，我们开车从阿拉斯加一路向北，在没有信号也没有供给的无人区里，硬着头皮一条路走到底。离北极圈越近，路途就越惊险，而脚下的那条路，正是被称为世界十大危险公路之一的詹姆斯·道尔顿公路。

一路上，我们从天堂到地狱，从地狱到天堂。由于准备不充足，我们没有通信信号，没有食物，没有充足的饮用水，只带了两桶油和一些咸鱼。只是因为听说那边的咸鱼特别好吃，当时我只想着饿了的话吃咸鱼就好了嘛，但是却忘了它是咸的，咸的，咸的……海鱼很咸，饮用水不够，中间没有驿站，我和朋友就着一瓶水喝了好久，就这样带着无知者无畏的勇气开了十几个小时车，如今回想起来，这段经历让我很后怕，但更多的是骄傲。

为了极光，我们抱着信念，但是三四月的北极圈并不是极光爆发的大日子，很有可能无功而返。于是我们就开始在露营地蹲点，就那样蹲着，打着盹，再聊聊天，打发一下时光，等着……

然后，抵达之前所有的幻想真切地出现在我眼前。多么震撼的场面！虽然最后记录的照片里它是静止的，但事实上它是流动的，像一个极光女神，妖娆地摇曳着光辉。

美国之旅让我感受到自己的渺小，世界这么大，自己的困难与艰辛在它面前仿佛不值得一提。困难也好，自我也好，其实都取决于你看待它们的眼光。它们真的有那么重要吗？还是你把它们变得过于重要了呢？我不禁这样问自己。为了用独一无二的方式纪念这段回忆，我用魔术贴保留了所有行程的票据。记录下旅程的这个过程其实也是记录下我疯狂过的证据，我将它命名为"被世界拥抱"。

chapter 6 把你留在身边

18 岁成人礼的时候，我的歌迷送了我 18 种乐器，希望我能十八般武艺傍身。其中包括一套很贵重的架子鼓。

由于这些年不断搬家，架子鼓早已经坏了，但因为是人家郑重地送给我的礼物，我始终带在身旁。每次看着这架哑掉的架子鼓，我都会觉得很心疼。我在心里琢磨，能不能为它赋予新生，让它真正成为我家的一部分呢？

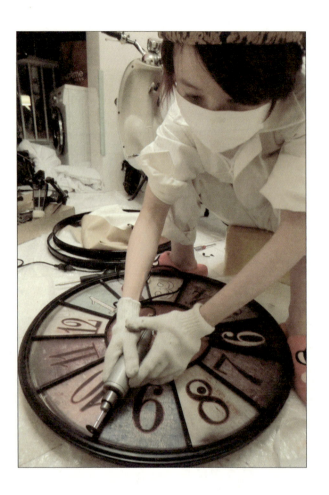

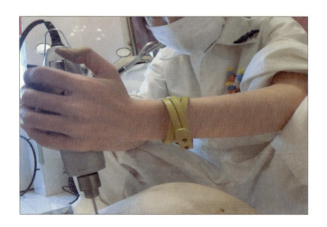

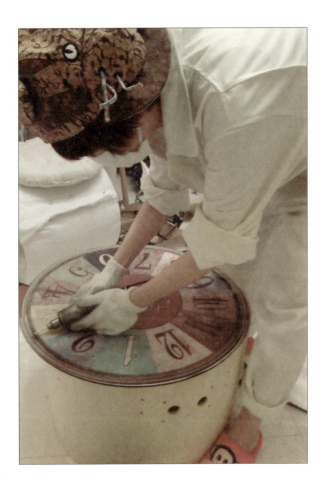

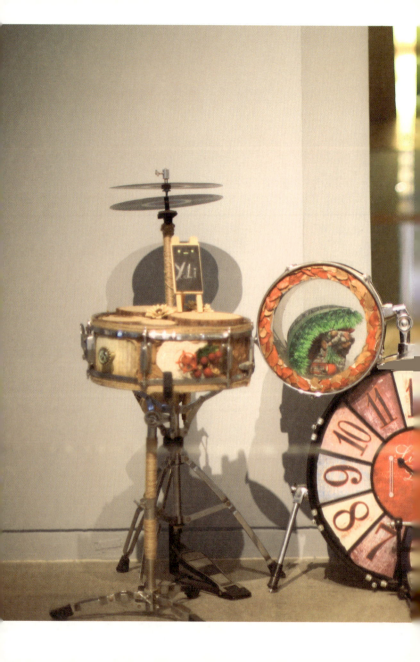

我捡来木头和叶子，把鼓面换成亚克力，又精心地在里面养上绿植和小鱼。我不眠不休地做了 15 天，终于把它变成了现在这个样子。

虽然它依旧失去了作为架子鼓的意义，并且我到现在也并没有学会如何演奏它，但歌迷对我的爱将会以另一种形式围绕在我身边，温暖着我。

　　我上一张唱片中有一首歌叫《古耐》，那是一首关于异地恋的歌。

　　我曾经听到过一个故事。故事的男女主角是异地恋，他们已经一起走过了九年。有一天，女孩无意买了一件喷绘着梵高《星夜》的外套，她很喜欢，总是穿着它走在大街小巷。在视频通话的夜晚，男孩对她说，"我也想要一件，你买给我好不好？"女孩欣然同意。她原本单纯地以为男孩只是为了拥有一件与她一样的外套，但一天晚上，两个人像往常一样在视频中聊天，女孩突然发现男孩每晚都在床边挂着她买来的那件外套。男孩说，"我们不能一起牵着手看同样的风景，但每天睡觉、起床都可以看到同一个星空。我就会感觉你就在我身边，而我也就在你身边，这是属于我们独一无二的连接……"

两个人对着同样的星空思念对方，在我心中，是像柏拉图恋爱那样美好与神圣的情感。我一直对这个故事念念不忘，于是想画一幅真正的星空。

当时我的人生正处于低谷，油画成为我走出低落的一个业余爱好。在油画课程中，我接触到了很多很美丽的画面。然而没有任何基础的我一上来就临摹大师的作品，对我来讲，并不是一件轻松的事。于是我总在想，有没有一种方式，能够让我不仅是临摹，而是创造一幅独一无二的《星夜》呢？

生命的际遇总是充满了奇妙的缘分。一旦在心中升起了这个愿望，仿佛世界就会在冥冥之中给我指引。一天，在喝饮料的时候，我无意中注意到了饮料的吸管。我想起油画老师向我描述的油画笔触，突然觉得吸管的质地和油画有相同之处，而且颜色也很丰富。如果把吸管剪成一段一段的，不就和油画笔触相同了吗？

说做就做！我不是科班出身，也不是业内行家，我拥有的只有对生活的一腔热情和超强的行动力而已。我开始收集各种颜色的吸管，把吸管变成乐高，通过组装拼接，用吸管创造出我心目中梵高的名作。

整整一个月，我一个一个吸管一段一段地开始拼接。创作的过程是枯燥的，然而为了完成的那一刻，我的热情从未停歇。

看着它明艳的色泽和在阳光下炫目的色彩，我心里充满感动。然而看着看着，我心里却有了一个新的念头——星空只有在夜晚才会更加炫目，而我的画在没有光的地方却一片漆黑。我想要晚上能看见的星空，想要更完美地还原那个故事和梵高的原作带给我内心的冲击。

为了让《星夜》在黑暗中也能够熠熠发光，我下定决心用夜光颜料再创作一幅新的《星夜》。油画老师并不支持我的想法，从她专业的角度来看，夜光的颜料没有油画颜料那么美丽，这种创新颜料无法展现出原作的风采，也因此无人问津。然而无知者无畏，我没有担心这种专业性技术问题，只是担心夜光的效果是不是能还原出夜晚的星空，在和老师的拉锯战中，我按照原作，一点一点的描画勾勒，再用应急灯沿着所有吸管的线路均匀地照明，让颜料尽可能地吸足光，让它能够完美地呈现出夜晚的样子。

完成的时候，我拉上窗帘，站在这幅画面前。漆黑的空间内，我的双眼渐渐适应了黑暗，随即，一整片星空在眼前熠熠发光。那一瞬间，我的眼睛湿润了。

我把这两幅画和临摹的原作并排挂在客厅的墙上，它们像是一股力量，鼓励我走出低落的情绪。吸管并不值钱，一根吸管大概只有几分钱，对于你我来说是很廉价的存在。然而这样廉价寻常的物品创造出的《星夜》却如艺术品般震撼人心。那人呢？我们自己呢？绘画创作的过程误打误撞地变成了一个励志的过程。我想，这也是我设计中的最大收获。

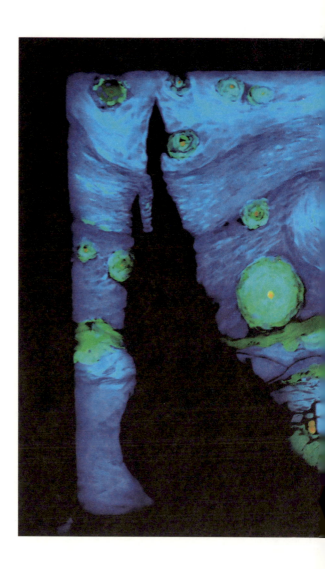

在演唱会的舞台上，我想用一幅画献给我的听众，来表达我这十年的成长和感悟。可是，在偌大的表演舞台上，一幅画如何让所有人都能看到并且成功地展现出我想表达的内容呢？

舞台上的帷幕成了我的创作空间。我将它变成一幅巨大的画布——一幅 6.2 米乘以 6.4 米的画布。我用自己最擅长的夜光颜料和丙烯颜料，创作了一幅抽象的格子画。

当舞台灯光聚焦在它身上时，观众看不清楚我画的是什么。但当灯光熄灭，你会清楚地发现，那是一只"鹿"，也是我这十年间走过的"路"。

十年的星途，十年的成长，一路上我经历过星光熠熠的璀璨，也尝到过风风雨雨的苦涩。站在舞台中央被欢呼和掌声包围的我和站在夜晚的路灯下不知何去何从的我在这十年间不停地转换，由衷的感受是：初出茅庐时，被聚光灯包围的那种晕眩，它会让人迷失，找不到自己，必须经历黑暗后，才能看清楚眼前的路。就像涅槃重生的过程。

在六米多长的大型画布上创作，必须先设计模型。我把它当做一个数独一样的数字游戏，在模型中找到对应的坐标，沿着数字与坐标，以对角线的方式开始，一个一个沿线"填空"，不能有丝毫闪失，任何一个细微的差错都会影响整个画面。就像我这些年走过的路，在每一个岔路口我都必须努力寻找那个若隐若现的目的地，标上坐标，小心翼翼，不敢有丝毫闪失，害怕走错路迷失在其他的小径上找不到出口。

关灯之前，大家看到的是一只鹿的画面，而当全场灯暗，那条路才会在黑暗中渐渐显现出它的模样。宛如人生，透过人生的表象，经历过黑暗，才能看清楚眼前那条路真实的模样。

每个人的生命轨迹都不一样，我并不知道我的人生会怎样走下去，但它怎么来，我就怎么接。我想用自己独一无二的方式把记忆储存起来，作为自己送给自己的一个宝贵礼物，让它成为我职业生涯中的一个阶段性标志。

我的文笔不好，只好把我的心情和情绪都投入到我的作品中，希望我的作品能够把我内心的情感表达给大家。我用这幅画来表达的时候，好像有无限的想象力。虽然人生有那么多的感受，那么多的经历，可恐惧无非就是那几种，迷茫不也就是那几种，当我找到这样一种阐述的方式来表达和诉说的时候，我会轻松很多，会快乐很多。

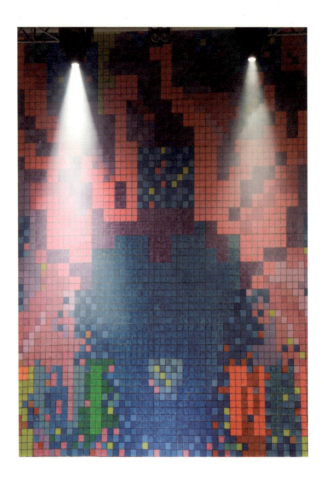

Dear,

　　我曾经恐惧过，也曾经低潮过，抵触过很多东西。

　　那段时间，我不知道该如何表达，也不知道该向谁讲述。

　　想要诉说，却仿佛失去了语言。

　　而在创作的过程中，我仿佛学到了一种新的语言。

　　我的作品中充满了我的想法，我的情绪。

　　我就是它们，它们就是我。

　　"嚓！"场灯关闭了。

　　在黑暗中，在画作中，你看到了真正的毫无保留的我自己。

　　我曾经很怕失去灵感的那一天。

　　但如今我知道，只要活着，生活就会给我们无穷的灵感。

——雅莉

Part III 温暖 Warmth

在我完成的礼物中，有一个特别的存在。

某一年，快到圣诞节的时候，一个朋友带孩子来我家探望。我和朋友在旁边聊天，孩子自己一个人安静地玩，一边玩一边吃了一个蛋糕，吃完蛋糕之后，我跟他妈妈还聊得意犹未尽。孩子可能有点儿无聊，他就跟我说"那你给我一支笔画画"，我就找了一支笔给他。他们走之后，我收拾家里的时候突然发现小朋友在他吃过的蛋糕盒子上画了一个小玩偶。我突然就想起曾经看过的一篇文章，介绍国外的一个手工达人把小朋友的画变成了实体玩偶，当时看的时候觉得这个概念很酷，想等我以后有了小孩，一定也要为他们做这个事情。而看到蛋糕盒上的涂鸦那一刻，我哪里还等得了自己有小孩，我热血沸腾地决定现在就要着手做。刚好圣诞节也要来了，我想试试看把小孩子的画变成实物。

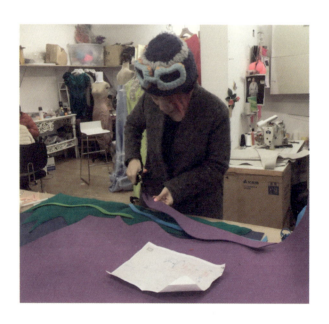

说做就做，我撺掇了周围好几个有小孩的父母，让他们把自己小孩画的画或者喜欢的画拍下来发给我。当时我担心会不成功，没有告诉他们我真正的想法，只是心里希望能把画里所有的东西制作出来，给小朋友们一个惊喜。

在我眼里，每个孩子都是一个独立的个体，都是独一无二的。他们有独立的思想，独立的判断，他们笔下的每一幅画都是无价之宝。真正的设计师就是那些看似乱涂乱画的小朋友，他们没有任何约束地画下自己心中所想，而我只是个负责执行的制作人而已。

我的设计原则是不改变原创，让看到最后成品的所有人第一眼都能认出原创的印记，然后在原创的基础上再在细节上面做改变，从而通过二次创作让这个物件变得更有意义。

制作的过程让我乐在其中，好几次我都被孩子们感动到。

我收到的一幅作品是羽凡的儿子元宝的画作，他画了一个他眼中的爸爸，而他笔下的爸爸竟然是一只小猴子。我相信这是一种期待与希望，元宝把爸爸画成了一只玩偶，大概是希望多一点儿陪伴。我突然想起在我的孩提时代流行过一种玩具，是可以挂在身上的小猴子。回忆给了我灵感，我突然想到，如果元宝看到自己画的爸爸，是可以抱着自己的，那该有多好。除了能抱着，还可以背着，希望元宝长大一点儿的时候能懂得爸爸也会变老，到那时他也可以背着爸爸。于是我不仅亲手把画中的小猴子化为现实，还在小猴子的手掌上和脚掌上增加了魔术贴。

对孩子而言，最重要的永远都是父母的陪伴。你陪我长大，我陪你到老，我没有资格对羽凡哥说教，可当我把做好的礼物交到羽凡哥手里的时候，我会说，"羽凡哥你看，我在他的手上贴上魔术贴，就代表你可以多多陪伴他，呵护他；当你老了的时候，他也可以这样背着你，照顾你。"小猴子玩偶饱含着满满的情感，无须多言，已经足够。

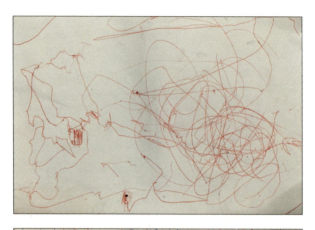

动物园

而这两幅像涂鸦一样的画，我刚刚拿到的时候简直有一堆问号在头顶旋转。这是一对龙凤胎小朋友的创作，他们当时两岁多。在我的认知当中，原以为两岁多的孩子还不太懂事，每天的生活只是吃吃喝喝玩玩睡睡。女孩子在一张 A2 的纸上画了一幅草图，看起来像是潦草的圈圈。坦白说我当时完全看不懂，只好非常沮丧地问她："妹妹，你能告诉我你画的是什么吗？"她不屑地看着我，那个不屑的眼神到现在我都忘不了，好像是在问我："我画的非常明显，你为什么看不懂我画的是什么呢？"她告诉我"我画的是地图，从电视台到家里的地图。我希望妈妈能够找到回家的路，看着我的地图，能够早点儿回家。"

　　原来这对龙凤胎的妈妈在电视台工作，由于工作繁忙，常常加班到深夜。两岁多的小孩经常看不到自己的妈妈，天真地以为是因为电视台的路太复杂，让妈妈迷路了不能回家，所以要为妈妈画下这样一幅地图。

142

143

我把妹妹画的地图和她哥哥画的动物园做成一个小被子斗篷，可以当被子盖在身上，也可以穿在身上当斗篷。成品交到他们手里的时候，他们很开心，而当我将妹妹对我说的那段话转达给她的妈妈时，妈妈流下了眼泪。我原本只是想把小朋友的画做成礼物，却无意中架起了一座沟通的桥梁，误打误撞地做了一次信使。没想到那么小的小朋友的内心世界会有这么多的感受，其实他们并不是我们想象的那么不懂事。他们其实很懂，知道自己需要什么，需要被关怀，反过来看，不懂事的其实是我们这些自以为是的大人啊。

　　跟孩子们一起创作的时候，我没有教会他们什么，他们却教会我许多。他们教我用耐心去懂他们，他们教我应该简单生活。有些时候，所谓的成人世界真的因为长大了而被很多东西所束缚，我也好希望能够回到他们那个时候的思维方式，更简单，更纯粹。但不可能，回不去了，所以我喜欢跟孩子相处。也许是因为他们长大了之后可能会变得和我们现在一样，所以就会更加珍惜他们现在这样的美好。直到现在这个年龄，我仍然喜欢用可爱的风格装饰自己的卧室，装饰自己的家，也许就是想给自己留一块不想长大的地方吧。

我不怕变老，只想留一个小小的世界，是我什么都能说，什么都能做，能够毫无保留地接纳我、给我温暖的一个角落。或许每个人都需要这样的一个空间，让自己回归自然，回归纯粹，提醒自己孩提时代曾经有过的那些单纯的快乐。

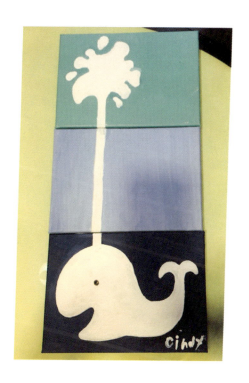

153

尽管搬家很多次，但不管走到哪里，每一封写给我的信都陪伴在我身边。满满几麻袋的书信对于我来讲是最珍贵的礼物。现在这个互联网的时代，还有多少人会用书信的方式来传达情感呢？拥有这些书信，我既骄傲又幸福。每次一张一张打开，阅读着那些年歌迷对我的表白，就像小鹿撞进黑暗森林，原本不知道可以跑多远，但有了这些光，才有了眼前一条闪闪的路。

有些信来自十年前，里面留了电话，信里说这个号码会等我一辈子。于是那一天，我突发奇想，把电话拨了过去。

"嘟嘟嘟嘟……"

"打错电话了吧，错了错了……嘟……"

"请问你是荔枝吗？"

"不是不是不是……嘟……"

"您好，您所拨叫的号码已停机……嘟……"

"喂，您好，请问是拂晓吗？"

"对……"

电！话！接！通！了！

"您好，我是黄雅莉，你还记得我吗？"

"您好欸！"

因为太多没打通的电话，我的失落已经在崩溃的边缘。于是电话接通的那一刻，我哭了大概有一分钟，而电话那头的她居然就耐心地一直等着我。

"打给你想谢谢你十年前喜欢我，然后……你的青春里面有我，我也有你啊……"

　　五颜六色的信纸，天南海北的信封，那些幼稚却又真诚的话语，各色各样的笔迹，见证了我们共同的青春。想要给大家做一份礼物的心愿，就这样在我心中扎了根，成为我的心事。我很想找一种表达形式来感谢他们对我的不离不弃，以及他们曾经的爱。但做点儿什么好呢？

　　因为工作的关系，我去过很多的城市。每到一个新的地方，如果时间来得及，我都会做饼干给歌迷。然而想要感谢的人太多，烤一份饼干也不够分，没有吃到的歌迷就会很委屈。什么样的礼物，能够让大家都感受到我的心意呢？

　　随后我突然想到，演唱会的时候大家从四面八方赶来，是人最齐的时候。我准备的礼物如果能在那个瞬间呈现给大家，一定会是一个完美的画面。

我想要验证那个瞬间，想要记录下那个场景，所以我又开始折腾了。最终成品的灵感是来自签售会。别人珍惜我的名字，把我的名字带回家珍藏，但是我却从来没有收集过我歌迷的签名。他们留了这么多我的名字回去，我是不是应该也把他们的名字带回去呢？在出道这么多年的时候，我很想看到这些陪在自己身边的人，他们的名字是什么，他们签的名字是什么样子。

于是，在每一个现场我都会留下一块很大的地方，请所有来到我签售会的歌迷朋友留下自己的名字。当时歌迷问我要做什么，我也没能回答上来。因为其实自己当时也不知道要做什么，只是单纯地想留下一个印记。

大家都知道，飞机起飞的时候会有一股非常强大的推动力，有很强烈的推背感，这个过程中飞机冲上云霄，越飞越高。相信每一个坐过飞机的人都会感受到这种状态，而那一次坐飞机的时候，我突然觉得我这些年成长的轨迹就像是飞机起飞的过程，冲上云霄，又冲到云端。而我冲到云端的力量正是我的歌迷给我的，是那些喜欢我、支持我的人给我的推动力。我突然了有灵感，决定把我这些年收集到的所有签名通过一个载体转化成一件他们一看就懂得的礼物，在演唱会的现场呈现给他们。

可是我怎么能把这些签名用一种大家能懂的设计形态展现出来呢？我开始不安分地琢磨起了做飞机。对，没错，我想要做飞机。

我把歌迷的所有签名都剪下来，做成了一套飞机服。而飞机这个重要的载体，就用了这些年歌迷写给我的信做了外层的包装。

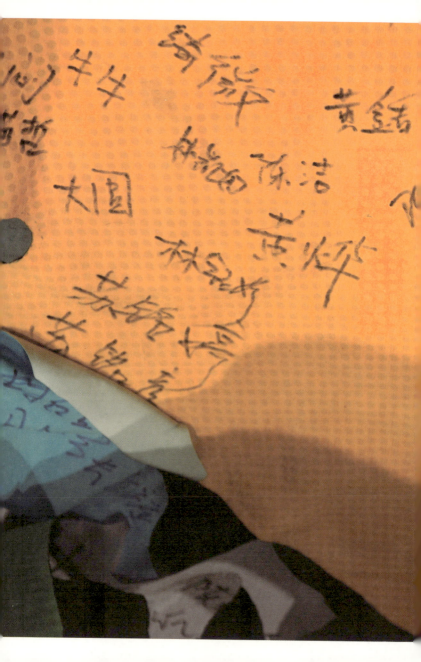

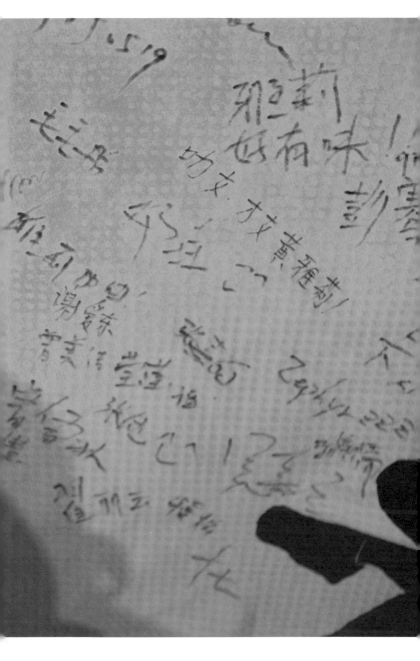

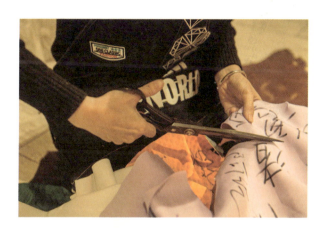

用一封封信做成了飞机的外壳。

飞机与机长是永远的共同体，歌迷的力量加上我的努力成长，就像是这种共同体，是一种必然的关系存在，他们既然是我的推动力，那么我就要掌控好飞行的方向，我想要引领着大家一起前行。我想要努力当好那个核心人物，我想要让机长的身份得到更多人的认可。

　　我会一直加油。

Chapter 11 平常事的小心意

吃饭是一件很平常的事情，但也是一件美好的事情，因为它像一个仪式，能够拉近彼此之间的距离。大家聚在一起，头挨头，脚碰脚，吃一顿热腾腾的饭菜，大概是人生最美妙的场景吧。

我非常热衷举办"家宴"，让朋友们到家里小聚。邀请到家里的人，一定是彼此非常信任的人。我总在想，我邀请人家来，人家也来了，我就要认真对待对方，即使一顿饭，也要诚意满满。既然已经自己做了，我想能够做得更特别、更有意思一点儿，让吃饭的气氛更轻松，更放松，让朋友们工作了一天之后，觉得来我家是一件很惬意、很享受的事情。

我会半开玩笑地告诉朋友们："请你们尊重我花费了整整一天的时间为你们准备的饭，中午不要吃饭哦。"我可爱的朋友们就真的不会吃午饭，晚上来我家的时候，不管我做什么，他们都觉得好好吃，我的"小心机"就得逞了。

有一次，有位很久没见的朋友要来我家，我就希望能够做一点儿不一样的事情，让她感受到我的心意。我灵机一动，把菜单变成了一个故事。

我把我的菜单编成了一个非常幼稚的小故事，每一个菜品就像西餐中头盘、沙拉、主食、汤品等这样的顺序，吃完一道菜才能进入到下一段故事的情节。从看到菜单开始，就会让我的客人玩心大起。

朋友来到我家的时候，我第一时间告诉她："请你把黑板上的故事念一遍，因为菜单就在这个故事里面，你看你能猜出今天有哪几道菜吗？"朋友一面诧异，一面又觉得很好笑，快乐从这一刻就开始了。

森林里可热闹了.小鸭在看水果mm选秀.小兔一砖一瓦盖新房子.空气里弥漫着百种花果香.小牛正在吃草.突然听到争叫.看到小兔扇了贝壳一巴掌.贝壳大声嚷了起来.把小兔推进了沼泽.现在请你坐下来救救小兔.!!!

一起来猜猜看吧！

谜面：

森林里可热闹了，
小鸭在看水果 MM 选秀

谜底：水果沙拉！

谜面：

小兔一砖一瓦盖新房子

谜底：牛油果酱吐司！

谜面：

空气里弥漫着百种花果香

谜底：百香果汁

谜面：

小牛正在吃草

谜底：牛排

谜面：

突然听到争吵，
看到小兔扇了贝壳一巴掌

芝士焗扇贝

谜面：

贝壳大声嚎了起来

谜底：蒜蓉焗生蚝

谜面:

贝壳把小兔推进了沼泽

谜底：椰汁紫糯米

谜底揭晓，

现在请你坐下来救救小兔吧！

住在大城市里的人习惯了每天忙忙碌碌，一切都很匆忙，一切都是速食主义。地铁里的低头族，办公室的小工位，会议上的唇枪舌剑，回到家依然不得停歇地奋笔疾书，这种生活的状态扼杀了我们被自然赐予的那些美妙的感受力。

我不喜欢这样，或者说不甘心这样。我们现在的生活太无趣了，我想要自己创造有趣的事物，花心思让我身边所有的朋友都能感受到幸福，而不仅仅是在做饭这件事情上。我要做一个在生活中有趣的人，让我的朋友愿意和我在一起。生活状态是会互相影响的，如果朋友们觉得你有趣，你的朋友也会变得越来越有趣。

我愿意花时间、花心思去了解我的朋友们，愿意做一些让他们会觉得"Wow"的事情。你认为很重要的人，你非常珍惜的人，当然值得你花时间去让她感受到你的感情。这不代表去商场花费重金买大牌的东西，那样它就只是一个价格，只是礼尚往来和客套而已。我想要用心制造惊喜，让我的朋友们得到平淡日子中的小小温暖，小小幸福。比如说她某一天在某一个地方看到了一个心仪的东西，没有舍得买，而我默默记在了心里；或者是对方哪天说了句什么样的话，最喜欢某一个职业却并没有机会去做，最后都会成为我创作的灵感。别人不经意做的一些事情，不经意说的一句话，被我郑重放在了心里，这才是感动的根本，也是被现在的人们遗忘的事情。

把做一顿饭来作为送给朋友的礼物有没有很不按常理出牌？但我非常有成就感，因为从那个写满故事的黑板开始，她的心中就充满了惊喜。朋友有些猜中了，有些没猜中。我再一道一道给他解释。相信到今天，那天的菜到底好不好吃，她大概都已经忘了，但是那天有多美好，她应该永远都会记得。因为这是一份心意。她的开心，让我收获更真挚的友情与满满的幸福。

平常事的小心意或许微不足道，但正是这些生活中闪亮的细小感动构成了人生最重要的回忆。我希望我的小小付出能够给你带来一些启发，让你看到生活中那些微小闪亮的"有趣"。

Dear,

　　平常事的小心意或许微不足道，但正是这些生活中闪亮的细小感动构成了人生最重要的回忆。我希望我的小小付出能够给你带来一些启发，让你看到生活中那些微小闪亮的"有趣"。

　　不如从今天开始，给你心中重要的人一个小小的惊喜吧。

　　相信我，它将成为你们彼此心中最闪亮的回忆。

　　　　　　　　　　　　　　　　　　　——雅莉

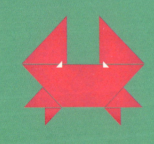

　　我有一个小我三岁的妹妹。我们一起长大，又一起来到北京。

　　妹妹从小和我在一起，知道我是一个爱制造惊喜的人。但是在别人看来，妹妹和我的性格却有着天壤之别。如果说我是个三分钟热度的行动派，妹妹就是外表冷漠但内心细腻的小女孩。他们以为她不会，以为她不是那样的人，但只有我知道，她只是有她自己独一无二的方式。

　　那年生日的时候，我独自一人孤独地在北京打拼。妹妹一直住得离我很远，在车程一个小时以外的地方。快到午夜12点，我以为这个生日就要这样平淡冷清地过去了，但突然接到了朋友的电话。她假装家里有东西坏掉，让我马上去她家帮忙。我知道朋友大概是给我安排了惊喜，但是也并未戳破，只是兴高采烈地出了门。

我穿好外套，锁好门，沿着甬道向楼梯走去。经过楼道里的防火门时，我本能地向里面看了一眼，突然感到有什么不对劲———门后有人！我已经走向前的脚步又往回退了几步，回到防火门的玻璃前，定睛往里瞧。而门里也有个熟悉的面庞正惊愕地看着我——竟然是妹妹？！

我诧异地拉开门，简直不敢相信自己的眼睛。妹妹滑稽地头顶着一个很大的唐老鸭的帽子，穿着唐老鸭的衣服，手里捧着蛋糕，手足无措地站在门后，身旁还有一个架好的摄像机。毫无准备地看到我，妹妹先是愣住，随即哇的一声大哭起来。

　　原来她偷偷给我准备了惊喜，打算 12 点整的时候装扮成唐老鸭，敲门给我送上蛋糕，却完全没有想到我会在 12 点前出门。我撞破了她的惊喜，她花了整整一个月精心筹划的生日礼物竟然这样被我破坏了。

　　她抽抽噎噎地问我："你怎么不到 12 点就出来了呢，为什么呢，为什么呢……"妹妹的声音又委屈又不甘，让我心里又觉得可爱又觉得心疼。我强忍着眼泪，说没事，我们再来一次，我说再来一次。我当作什么事情都没有发生过，转身回到家里。12 点整，妹妹穿着唐老鸭的玩偶服，来敲我的门。我把门打开，一个小小的带着哭腔的声音在唐老鸭里面说："生日快乐。"我说生日特别快乐，特别特别快乐。妹妹说，可是惊喜没有了。我说有，怎么没有呢。我眼里的泪水再也忍不住，拥抱着妹妹，她哭了，我也哭了。

12点推开那个门那一刻并不重要。有没有提前撞破惊喜也并不重要。重要的是，我一辈子永远都会记得，那个抱着还没有戴在头上的唐老鸭大帽子，笑嘻嘻地看着我，然后错愕，随即大哭的小姑娘。她原本幻想着在12点推开我的家门，给我一个大大的surprise，两个人都开心得大笑，却没想到最后的那一幕是拉开门的时候两个人都大哭得像狗一样。她哭，是觉得自己没有给姐姐惊喜，姐姐会不会没有那么开心，没有过好生日。然而在我心里，这却是我收到的最棒最棒的生日礼物。惊喜没有了，那并不重要，重要的是惊喜背后的爱，满得要溢出来。

　　那个视频我一直留着。但那个画面，会一辈子刻在我的心里。

Dear,

　　还记得人生中收到的最棒的礼物吗?

　　它一定不需要很多钱, 也没有很大的仪式感, 却
击中了你心底最柔软的部分。

　　因为最好的礼物。

　　叫做记得。

　　这个快到停下脚步就再也追不上的世界里,

　　你还记得谁? 又是谁, 一直都把你放在心底?

                                        ——雅莉

chapter 13 让我成为你的依靠

　　从 2005 年懵懵懂懂地出道，离开家乡，我已经独自在北京生活了很多年。虽没有大红大紫，但也始终在全国各地奔波着。这中间，不得已对家人的忽略，是我心中最不愿触及的遗憾与伤痛。

　　18 岁那一年，我第一次面对家人的生离死别，一位家族中的长辈过世。第一次和死亡如此近距离地接触，突然之间，我慌了。之后的两年，家里又有一位亲人离开了我。我清楚地感受到，父辈的人开始表现出对死亡的惧怕。

家里的气氛格外压抑，我们刻意地寻找话题，回避着无法
面对的恐惧。

那时，20 岁的我还无法理解这种生命的必然，只知
道自己不愿意看着整个家里一直这样笼罩着阴云。我决定
做点儿事情改变这种状态。

一开始，我的初衷是想让家里的亲人重新凝聚在一
起，让父母别恐惧，让大家学会习惯用言语和肢体去表达
自己的情感。在我们这一代的教育，死亡是所有人都避讳
的话题。提到生死，长辈都会说不要提。但是不提，心里
的阴影就可以消散吗？我希望我和家人可以直面自己的情
绪，用拥抱与鼓励消解恐惧，让心灵得到释放与安宁。

我们这一辈的人和父母那一辈的人总是不太好意思
这样去做，更别说这样教自己的孩子。让他们把爱说出来

或者是表达出来，拥抱、肢体动作这些都不太可能，所以以至于我们这代人也不太习惯，这其中也包括我的弟弟妹妹。我想要以我自己的方式鼓励家中的小辈，学会释放情绪，从而感染长辈。

我们家族是个很大的家族，弟弟妹妹小的才六七岁。那个时间段刚刚好要过农历新年，于是我灵机一动，打算带着弟弟妹妹一起在家里搞一台我们家族自己的"春晚"。玩一玩，吵一吵，让家里热闹起来。毕竟我们是晚辈，弟弟妹妹也还小，吵闹起来也许就会让大人们轻松一点儿。

于是，黄家的第一次"春晚"就在这种环境下诞生了，那一次因为经验的缺乏等等原因并没有让我觉得很完美，但却成功地改变了家里的气氛。父母的脸上有了笑容，我们满足了自己的父母，也能让彼此共同感受到快乐，于是，更隆重的第二年"春晚"登场了……

当时电视台曾经播出了一个街头采访视频，题目是："你幸福吗？"我受到启发，拿起麦克风，假装"黄家电视台"采访，让妹妹当摄影师，举着牌子，对着话筒，去采访我们家的每一个成员。

我假装记者严肃地问家人："你好，请问你对去年的那个春晚有什么看法？你最喜欢的是哪个节目？你对今年春晚有期待吗？"我把这些素材整理好，剪出了一个片子，我妈妈甚至是在炒菜的时候被采访的，好像是是小年夜的那一天，她炒着炒着菜突然就看一个镜头进来，紧张又好笑地问我在干嘛。我问她："你对今年的春晚期待吗？"她说："期待呀！"然后我问去年的春晚最喜欢哪个节目，她就对着镜头告诉我。原来过了一年那些节目还如此清晰地记在她心里。

我就这样子非常自然地把所有人的脸和当时的状态都记录了下来。虽然人生会随着空间、时间、事件的变化，发生不一样的改变，但我希望很多很多年以后，我们再看到这个视频，我们会想起那时候的我们。

　　在家庭采访之后，我认真地做了易拉宝还有海报，上面写着黄家"春晚"的播出时间和地点、"8888 元"的售价以及 VIP 座位，还把家里人所有的绰号都写了上去。在小年夜的那天，开始拍卖这个海报，跟大家说这是所有晚会的支出，然后当然就是没有然后啦，因为都被我们几个小朋友"分赃"了嘛，哈哈哈哈哈。

222

就这样，关于"春晚"的预热从这里开始了，大家开始沉浸在火热的期待中，而我们也分秒必争地像真的一样进行最后的彩排倒计时，而插曲出现了，我家窗口会出现很多个脑袋，在窗帘的缝隙也会有，那些叔叔伯伯们像小朋友一样趴在那里看我们的彩排，我家几个更小的甚至还会冲出去跟他们吵，让他们不要看了，我站在那里，觉得这是特别美好的画面，就像油画里的那个场景，美好到让人觉得不真实。

226

"春晚"结尾的时候，我把自己相机里面记录的各个家庭，包括我的兄弟姐妹们一路走来的点点滴滴，加上配乐做了一个小纪录片，叫"我爱我的家"。我们自己录音，自己唱，先是最丑的照片，让人看到就乐不可支的那种，然后有温馨的照片。大家的情绪一点儿一点儿沉浸其中，片子结束的时候，我知道我们的心已经紧紧地连接在一起。

出道这些年，家人是我能够一直继续下去最大的动力，我不知道我的未来会怎样，但我希望用我自己的力量能让家人为我骄傲，因为无论我走多远，我还是会回到这个家，会回到这个像画一样美好而温暖的家。

Dear,

长大以后，我们越来越多地关注着身外之物。我们的思维和情绪受到外界的影响，心情起起伏伏，却越来越少回头看看自己。很想把我的点滴生活分享给你，让你得到一点点勇气和温暖。但说得太多了，我的话就好感性了。

语言，其实是非常薄弱的。

行动，才是最有力量的啊。

——雅莉

愿我成为你生命中的礼物

责任编辑 | 唐学贵　　　　图书宣传 | 楠　仔

执行编辑 | 胡　彬　索麦　图书摄影 | 齐正松

书籍设计 | 芥末侠　索麦　　　　　　　王　皓

图书策划 | 路金波　索麦

图书在版编目（CIP）数据

愿我成为你生命中的礼物/黄雅莉著 . —北京：知识产权出版社，2016.12
ISBN 978-7-5130-4338-0

Ⅰ.①愿… Ⅱ.①黄… Ⅲ.①艺术—设计—作品集—中国—现代
Ⅳ.①J121

中国版本图书馆 CIP 数据核字（2016）第 175746 号

责任编辑：唐学贵　　　　　　　执行编辑：胡　彬　果麦
书籍设计：芥末侠　果麦　　　　图书策划：路金波　果麦
图书摄影摄像：齐正松　王　皓

愿我成为你生命中的礼物
YUANWO CHENGWEI NI SHENGMING ZHONG DE LIWU
黄雅莉　著

出版发行：知识产权出版社 有限责任公司
网　　址：http：//www.ipph.cn
　　　　　http：//www.laichushu.com
电　　话：010-82004826　　　　社　　址：北京市海淀区西外太平庄 55 号
邮　　编：100081　　　　　　　责编电话：010-82000860 转 8029
责编邮箱：450527067@ qq.com　发行电话：010-82000860 转 8101/8029
　　　　　　　　　　　　　　　　　　　　010-82003784
发行传真：010-82000893/82003279
印　　刷：北京画中画印刷有限公司
经　　销：各大网上书店、新华书店及相关专业书店
开　　本：120mm×175mm　1/32　印　　张：7.75
版　　次：2016 年 12 月第 1 版　　印　　次：2016 年 12 月第 1 次印刷
字　　数：99 千字　　　　　　　定　　价：68.00 元
ISBN 978-7-5130-4338-0